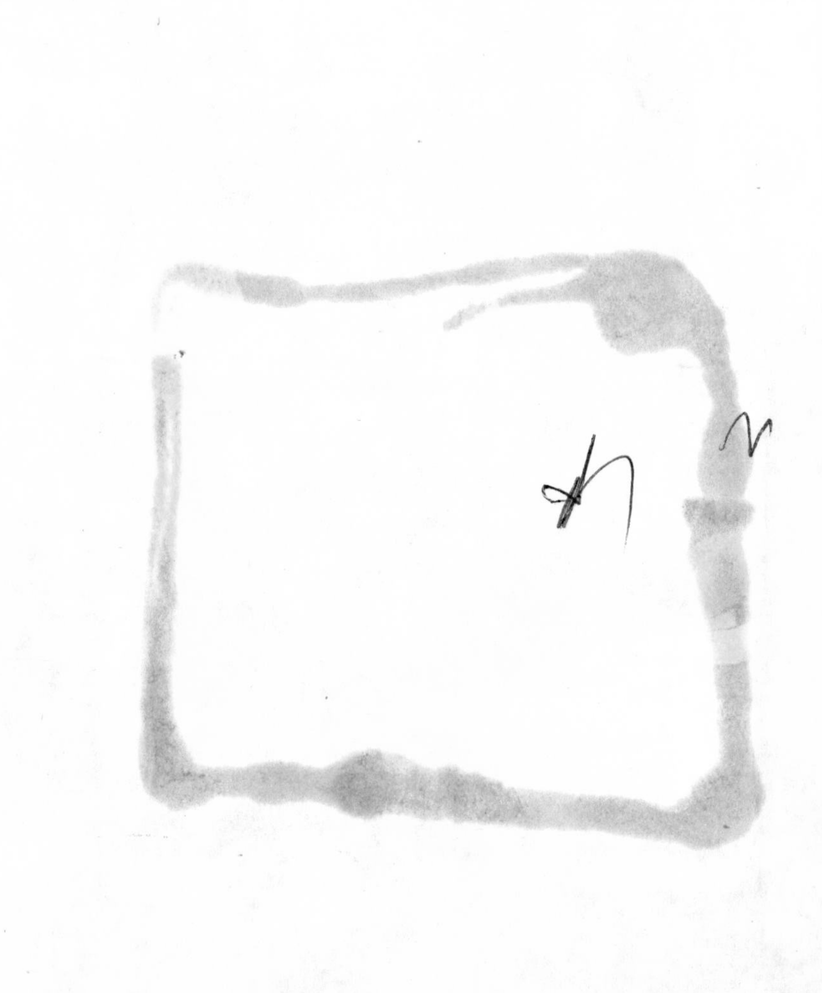

Disney's

La Bella Durmiente

Impreso en los Estados Unidos
ISBN: 1-57082-407-X
1 3 5 7 9 10 8 6 4 2

Había una vez un amable rey y una encantadora reina que anhelaban tener un hijo. Después de muchos años tuvieron una niña a la que llamaron Aurora, ya que tal como el sol ilumina el día, ella iluminó sus vidas con alegría.

El rey proclamó un gran día de fiesta para conmemorar el nacimiento de su hija, e invitó a personas de todas partes del reino a la celebración. Entre sus invitados se encontraba el rey Huberto, monarca del reino vecino, junto a su pequeño hijo, el príncipe Felipe. Ambos monarcas soñaban con ver sus reinos unidos, y el mismo día de la celebración anunciaron que el príncipe y la princesa algún día se unirían en matrimonio.

Luego comenzaron a sonar las trompetas y tres esferas luminosas entraron flotando en el salón. De ellas emergieron Flora, Fauna y Primavera, tres hadas que venían a ofrecer sus dones especiales a la princesita.

La primera en acercarse a la cuna fue Flora. –Princesita –dijo suavemente– mi don especial para ti será la belleza... cabellos dorados como los rayos de sol y labios que sean la envidia de la rosa roja.

Después se acercó Fauna.

–Mi don para ti será una melodiosa voz –dijo el hada. Y mientras Fauna movía su varita sobre la cuna, apareció por arte de magia una bandada de aves de todos colores.

Pero antes de que la tercera hada, Primavera, pudiera ofrecer su don a la princesa, una fuerte ráfaga de viento abrió repentinamente las puertas del salón, el cielo se iluminó con un gran relámpago, se escuchó un trueno ensordecedor y luego todo se oscureció. De pronto, apareció una intensa llama en el centro del salón que tomó la forma de una mujer.

Era la hechicera Maléfica, que estaba muy disgustada por no haber sido invitada a la celebración. Para demostrar su ira, lanzó un hechizo contra la princesa. Maléfica prometió:

–Al cumplir los dieciséis años, antes de la puesta del sol, se pinchará el dedo con el huso de una rueca de hilar... y morirá.

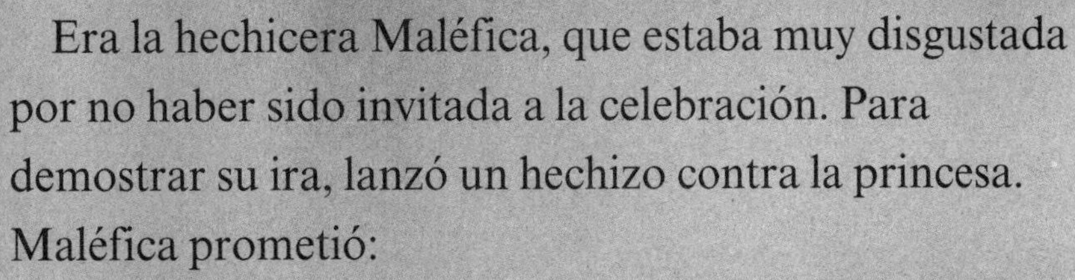

La reina gritó angustiada, pero Maléfica no se conmovió. El eco de su cruel y despiadada risa retumbó por todo el palacio.

El rey Estéfano, sin poder tolerarlo más, ordenó:

–¡Detened a la hechicera! –Pero antes de que los guardias pudieran alcanzarla, Maléfica desapareció envuelta en una ráfaga de fuego y humo.

Los poderes de Primavera no eran lo suficientemente poderosos como para deshacer el hechizo, pero sí para alterarlo un poco. El hada se puso delante de la recién nacida y dijo:

–No con la muerte, sino más bien en profundo sueño la fatal profecía se cumplirá, y de ese sueño has de despertar al calor del primer beso de amor.

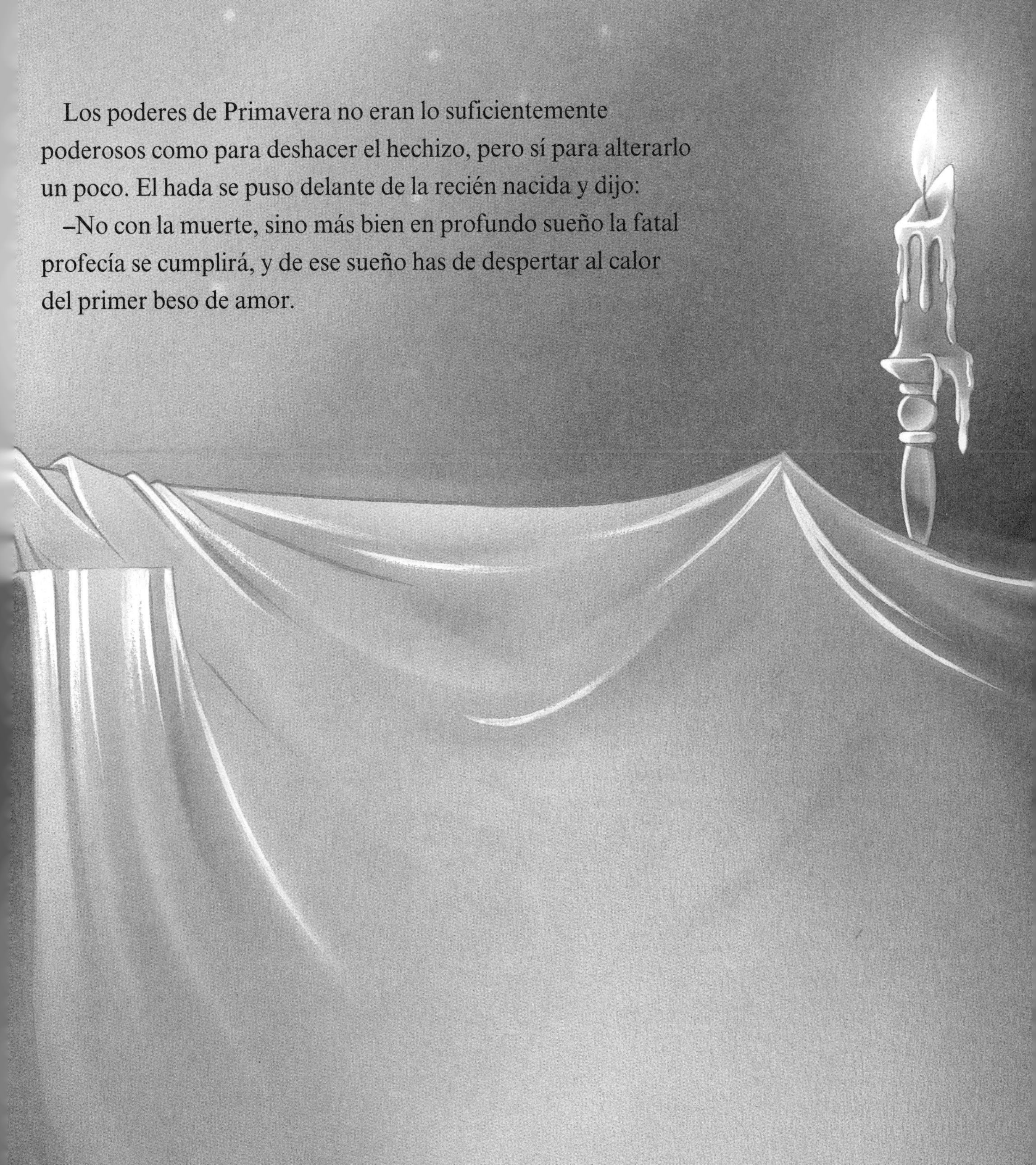

A pesar de la ayuda de Primavera, el rey Estéfano, temeroso por la vida de su hija, mandó quemar todas las ruecas de hilar del reino para evitar que se cumpliera el hechizo.

Pero Flora ideó un plan aún mejor para proteger a la princesa.

–Nos disfrazaremos de campesinas –dijo a las otras hadas– y criaremos a la princesa en medio del bosque. Después de que la princesa cumpla dieciséis años y termine el maleficio, regresaremos al palacio.

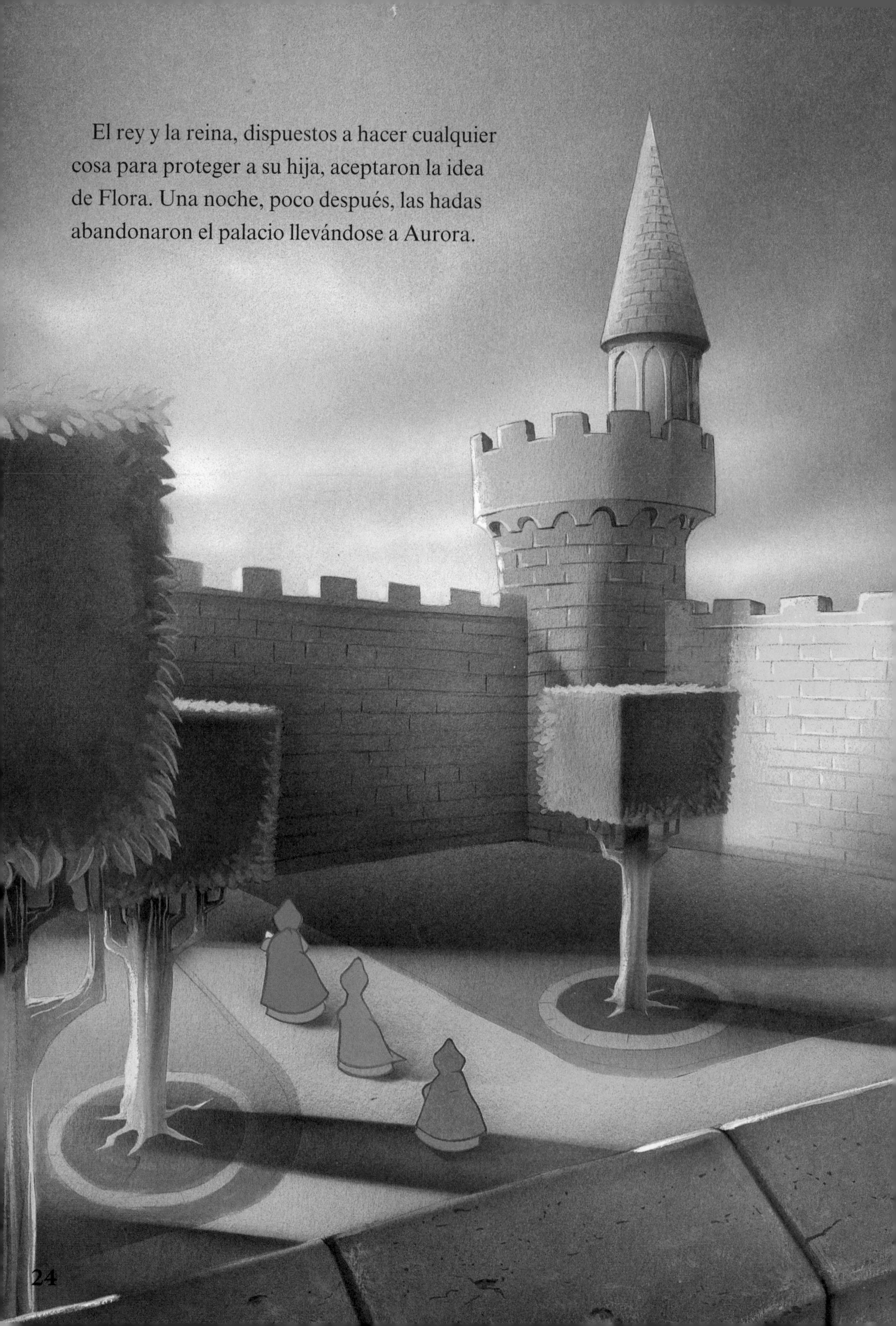

El rey y la reina, dispuestos a hacer cualquier cosa para proteger a su hija, aceptaron la idea de Flora. Una noche, poco después, las hadas abandonaron el palacio llevándose a Aurora.

Mientras tanto, en lo alto de la Montaña Prohibida, Maléfica empezaba a perder la paciencia. Año tras año sus secuaces recorrían sin éxito el reino en busca de la princesa.

¡Un día, Maléfica se dio cuenta que por casi dieciséis años sus sirvientes habían estado buscando a un bebé!

–Oh, mi fiel amigo –dijo la malévola hechicera a su cuervo– eres mi última esperanza. Ve y busca en todo el reino hasta encontrar a una bella joven de dieciséis años con cabellos dorados cual rayos de sol, y labios rojos como la rosa.

Mientras tanto, la princesa Aurora había crecido hermosa y adorable bajo el cuidado de las hadas. Las tres hadas amaban a la niña, a quien llamaban Rosa, como si fuera su propia hija.

Al cumplir Rosa dieciséis años, las hadas Flora, Fauna y Primavera decidieron hacerle una fiesta de cumpleaños. Como querían que fuera una sorpresa, le pidieron a la princesa que fuera al bosque a recoger fresas mientras ellas preparaban la celebración.

Rosa caminaba por el bosque deleitando a sus animalitos amigos con una hermosa canción que hablaba sobre el verdadero amor que la princesa anhelaba encontrar algún día.

No lejos de ahí, un joven príncipe escuchó la dulce voz de Rosa que se oía entre los árboles y le pidió a su caballo Sansón que lo llevara hacia ella.

Sansón obedeció y comenzó a galopar por el bosque, pero cuando saltó sobre un tronco en medio del camino, su amo cayó al agua.

–¡No más zanahorias para ti! –refunfuñó el príncipe quien salió del arroyo y puso a secar su ropa.

Sin que el príncipe se diera cuenta, los animalitos amigos de Rosa se llevaron su sombrero, capa y botas.

Los animales se vistieron simulando ser el príncipe azul de la princesa.

Mientras Rosa cantaba, soñaba, y simulaba bailar con el joven con el que algún día se casaría, no escuchó al príncipe que se acercaba, hasta que él comenzó a cantar con ella.

El príncipe y Rosa se enamoraron a primera vista. Pero cuando el príncipe le preguntó su nombre, Rosa recordó que sus tías le habían advertido que jamás hablara con extraños. No obstante, antes de marcharse, Rosa invitó al príncipe a que fuera a la cabaña esa misma noche.

Mientras tanto, las hadas, que se encontraban en la cabaña, estaban teniendo problemas con los preparativos del cumpleaños. El vestido que había diseñado Flora no había quedado del todo bien.

Y el pastel que había preparado Fauna se inclinaba tanto hacia un lado que tuvo que sostenerlo con una escoba. Al hacerlo, la crema y las velas se deslizaron por la escoba hasta el suelo.

Las hadas habían dejado la magia al momento de adoptar a Rosa, pero ahora estaban desesperadas. Sacaron sus varitas del ático y comenzaron a arreglarlo todo.

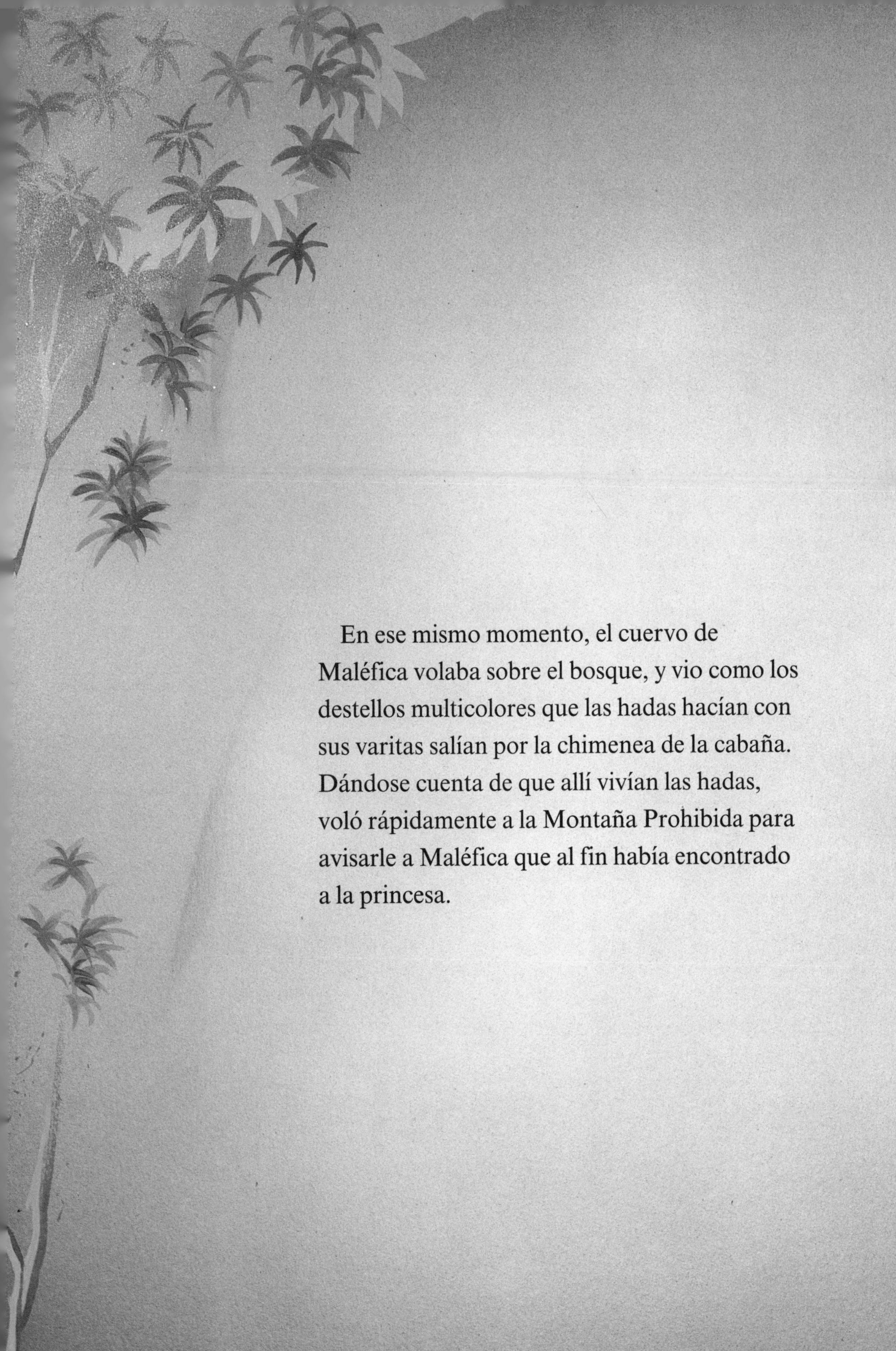

En ese mismo momento, el cuervo de Maléfica volaba sobre el bosque, y vio como los destellos multicolores que las hadas hacían con sus varitas salían por la chimenea de la cabaña. Dándose cuenta de que allí vivían las hadas, voló rápidamente a la Montaña Prohibida para avisarle a Maléfica que al fin había encontrado a la princesa.

Más tarde, Rosa regresó a casa y le contó a sus tías sobre el extraño que había conocido.

Había llegado el momento de decirle la verdad. Luego, emprendieron el largo viaje de regreso al palacio. La princesa debía volver a reunirse con el rey y la reina. Mientras Aurora caminaba, sólo podía pensar en el joven que había conocido.

Mientras las hadas dejaron a Aurora sola en el palacio por un corto tiempo,una luz extraña apareció ante ella. En un Trance, la princesa siguió la luz tras un panel secreto y una escalera turtuosa hasta llegar un cuarto oculto.

La voz de Maléfica retumbó en el cuarto. –¡Tocad el huso, tocádlo ya! –ordenó la hechicera. La princesa obedeció y se pinchó el dedo con la afilada aguja.

Mientras tanto, las tres hadas habían regresado al cuarto de Aurora. Al descubrir que ya no estaba allí, siguieron el pasillo hacia la torre oculta donde encontraron a Maléfica y a la princesa sumida en un profundo sueño.

–Cuando el rey y la reina sepan lo que ha pasado se les romperá el corazón –sollozó Primavera.

–Nunca lo sabrán –dijo Flora, y las hadas comenzaron a volar sobre el palacio haciendo caer a todos en un profundo sueño.

El rey Huberto se encontraba esa noche en el palacio para celebrar el regreso de la princesa. Justo antes de quedarse dormido, Flora alcanzó a escuchar que trataba de decirle algo al rey Estéfano. Al parecer, el príncipe Felipe insistía en casarse con una campesina en lugar de Aurora.

Por lo que decía el soñoliento rey, Flora descubrió que el joven que Aurora había conocido en el bosque era el príncipe Felipe. Tal como ella sospechaba, el príncipe estaba a punto de llegar a la cabaña del bosque.

Cuando el príncipe entró a la cabaña, lo esperaban Maléfica y sus secuaces. La hechicera sabía que sólo él tenía el poder de deshacer el hechizo.

Después de llevarlo a un calabozo, Maléfica reveló al príncipe que la joven campesina de sus sueños era nada menos que la princesa Aurora. La malvada, burlandose del príncipe Felipe le conto que solo con un beso de él podría despertar Aurora. Felipe sabía que debía escapar de algún modo para salvar a su amada princesa.

Las hadas acudieron a liberar al príncipe y lo armaron con el Escudo de la Virtud y la Espada de la Verdad.

–Estas armas de la justicia triunfarán sobre el mal –le explicaron las hadas.

Mientras salían del calabozo, el príncipe y las hadas se encontraron con el cuervo de Maléfica, que se apresuró en volar a advertirle a la hechicera que el príncipe había escapado.

Los sirvientes de Maléfica lanzaron flechas al príncipe, pero Flora las convirtío en flores.

Cuando el príncipe se acercó al palacio, Maléfica obstruyó su camino con una muralla de espinas, pero el príncipe cortó las ramas con la Espada de la Verdad.

Cuando el príncipe se acercó al puente del castillo, Maléfica se transformó en un terrible dragón y comenzó a lanzar grandes llamas de fuego.

El dragón acorraló al príncipe en el borde de un alto peñasco. Las hadas, temiendo por su vida, se apresuran a acudir en su ayuda. Rociaron su espada con polvos mágicos al tiempo que decían:

–Ahora espada de la verdad vuela veloz y segura, que el mal perezca y el bien prevalezca.

En aquel momento, una explosión de fuego derribó el escudo del príncipe. Felipe apuntó su espada y la lanzó contra el dragón. La bestia cayó mortalmente herida y se desplomó desde lo alto del peñasco.

El príncipe Felipe corrió hacia la alcoba del palacio donde se encontraba Aurora. Se arrodilló ante la princesa y besó suavemente sus labios. La bella durmiente despertó y sonrío ante su príncipe.

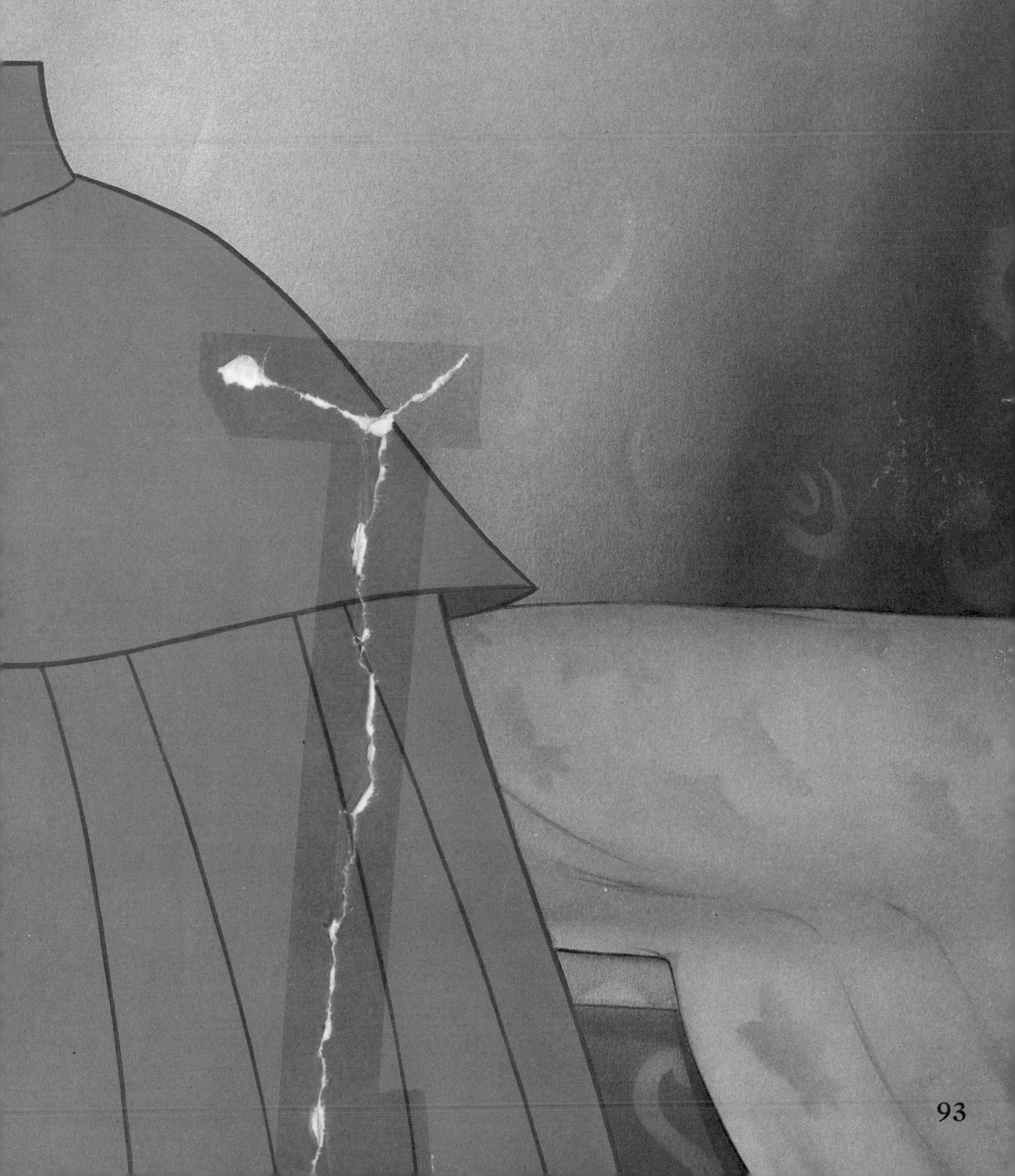

Pronto todos en el reino comenzaron a despertar incluyendo el rey Estéfano y su reina. La princesa y sus padres, reunidos al fin, se abrazaron con gran alegría.

Aquella noche, ante la presencia de toda la corte, la princesa Aurora y el príncipe Felipe bailaron abrazados.

–Me encantan los finales felices –dijo Fauna suspirando.